Fr. Lahnek

Anleitung zur Holzmalerei nebst Anweisung zum Poliren der gemalten Gegenstände

Antigonos

Fr. Lahnek

Anleitung zur Holzmalerei nebst Anweisung zum Poliren der gemalten Gegenstände

Unveränderter Nachdruck der Originalausgabe von 1876.

1. Auflage 2024 | ISBN: 978-3-38698-841-4

Antigonos Verlag ist ein Imprint der Outlook Verlagsgesellschaft mbH.

Verlag: Outlook Verlag GmbH, Zeilweg 44, 60439 Frankfurt, Deutschland
Vertretungsberechtigt: E. Roepke, Zeilweg 44, 60439 Frankfurt, Deutschland
Druck: Libri Plureos GmbH, Friedensallee 273, 22763 Hamburg, Deutschland

Anleitung

zur

HOLZMALEREI

nebst Anweisung

zum

Poliren der gemalten Gegenstände

von

Dr. Fr. Lahnek.

———————————————— — —

Leipzig,

Verlag von Glaser & Garte.

1876.

Druck von Metzger & Wittig in Leipzig.

Vorwort.

Es sind an die Verlagshandlung der Zschimmer'-
schen Vorlagen für Holzmalerei und an den Maler
selbst öfters brieflich Fragen gerichtet worden, zum
Theil über das Wesen der Holzmalerei im Allgemeinen,
zum Theil über Einzelnheiten, welche dem Anfänger
Schwierigkeiten machen. Da diese Anfragen nicht
alle beantwortet werden konnten und eine Special-
anleitung für Holzmalerei noch nicht existirt, bin ich
von den Herren Glaser und Garte beauftragt worden,
diese Zeilen zu schreiben. Ich unterziehe mich der
Aufgabe um so lieber, als ich selbst unter Anleitung
meines Freundes Zschimmer in Weimar in die Ge-
heimnisse der Holzmalerei eingeweiht und lange praktisch thätig gewesen bin, und gebe mich der Hoff-
nung hin, dass ich auf Grund eigener Erfahrung und
Beobachtung den Interessenten in mancher Beziehung
behülflich zu sein im Stande bin.

1*

Ich betone ausdrücklich, dass ich nur für Anfänger schreibe, für solche, welche bei einigen Vorkenntnissen im Zeichnen an die Holzmalerei herangehen und sich demgemäss auf die Nachbildung bereits vorhandener Vorlagen beschränken wollen. Diejenigen nun, welche nicht durch eigene Anschauung über die Art und Weise des Malens sich zu instruiren vermögen und nicht Gelegenheit oder Lust haben, Privatunterricht zu nehmen, sollen hier über Holzmalerei Belehrung finden und so weit gefördert werden, dass sie im Stande sind, colorirte Vorlagen leicht und sicher auf Holz zu copiren. Ich werde darum, nachdem der Begriff der Holzmalerei erörtert ist, nur über die existirenden Vorlagen, über die Wahl und Bezugsquellen der Utensilien und über die Technik des Malens reden. Wer selbst componiren will, findet Anweisung bei Zahn in der Vorrede zu seinem „Musterbuch für Holzmalereien", und bei Schreiber: „Das lineare Zeichnen", Leipzig, bei Spamer. Das Wesen der Farben ist eingehend besprochen bei Jaennicke: „Handbuch der Aquarellmalerei", Stuttgart, bei Paul Neff, ein Werk, dessen Studium ich sehr anempfehle.

Was ist Holzmalerei?

Das Wort Holzmalerei ist leider für den Begriff, den man damit zu verbinden pflegt, ein nicht ganz gut gewähltes,. hat aber durch die Zahn'schen Vorlagen eine solche Verbreitung gefunden, dass es verlorene Mühe wäre, es ausrotten und durch ein treffenderes ersetzen zu wollen. Denn nicht Alles, was auf Holz gemalt ist, fällt unter den Begriff der Holzmalerei; Niemand denkt daran, ein auf Holz ausgeführtes Oelgemälde unter die Kategorie der Holzmalereien rechnen zu wollen. Wäre aber die Farbe das unterscheidende Merkmal, so würde Holz- und Aquarellmalerei zusammenfallen oder doch die Holzmalerei nur eine auf Holz angewandte Aquarellmalerei sein. Und so lässt sich auch Holzmalerei ungefähr definiren, wenn man sich bewusst ist, inwiefern durch den Charakter des Materials und die Wahl ihrer Gegenstände die Holzaquarellmalerei von der eigentlichen Aquarellmalerei sich unterscheidet.

Während es dem Aquarellmaler möglich ist, auf Papier und mit Benutzung der Eigenschaften desselben die zartesten Töne und glänzendsten Erscheinungen der Natur wiederzugeben, so dass das Bild lebensfrisch und wahr den Beschauer anmuthet, würde dasselbe Bild, von derselben Hand und in derselben Weise auf Holz gebracht, roh und unfertig, ja völlig unwahr erscheinen.

Das präparirte Holz nimmt die zartesten Farben an, so gut wie Papier; aber — durch die transparenten Töne hindurch schimmert die Textur des Holzes, und, wenn die Fasern und Poren desselben auch eine andere Färbung angenommen haben, so wirken sie doch immer noch als Holz und vernichten dadurch den Eindruck, den der Künstler beabsichtigt hat. Denn es ist ursprünglich die Aufgabe des Malers, den menschlichen Gesichtssinn der Art zu täuschen und so treu die Erscheinungen der Dinge in der Natur nachzuahmen, dass der Beschauer durch die Thätigkeit der Phantasie sich mitten in die Wirklichkeit versetzt glauben und reales Leben vor sich zu haben meinen muss; kurz, der Künstler muss naturwahr darstellen und das Bild naturwahr wirken.

Wollte man nun mit ausschliesslicher Benutzung von Deckfarben, welche die Faserung des Holzes nicht durchscheinen lassen, dieses Ideal der Malerei zu erreichen und auf Holz ein wirklich lebenswahres Bild zu schaffen suchen, so würde man ein solches Aquarellstück, das übrigens niemals einem auf Papier gemalten Bilde an Zartheit gleichkommt, ebensowenig wie ein Oelgemälde auf Holz, als Holzmalerei in dem gewöhnlichen Sinne auffassen.

Also weder das zu bemalende Material, noch die angewandten Farben sind die maassgebenden Unterscheidungsgründe für Holzmalerei einerseits und die Oel- oder die näher verwandte Aquarellmalerei andererseits.

Der Unterschied liegt vielmehr theils darin, dass die charakteristische Eigenthümlichkeit des Holzes nicht unterdrückt, sondern für die Wirkung der Malerei mit herangezogen wird, theils in der Natur dessen, was die Holzmalerei darstellt oder darstellen soll.

Die Holzmalerei, so weit wir sie bis jetzt begrenzt haben, kann und will keine naturwahren Bilder schaffen; sie dient nur zur Verzierung von Holzgegenständen, denen durch farbige, geschmackvolle Formen ein für das Auge angenehmer Reiz verliehen werden soll. Sie ist nicht Zweck an sich, wie ein Bild, dem der Rahmen nur als Folie dient, sondern nur äussere Beigabe, wie die Ornamente an Gebäuden, um eine sonst langweilige Fläche interessant zu machen.

Holzgegenstände lassen sich auf verschiedene Weise verzieren, durch Sculpturarbeiten, durch Einlegen farbiger Holzsorten und Metalle und durch Malerei. Die Wahl der

Verzierung wird natürlich von der Bestimmung der betreffenden Gegenstände abhängen; einen Tisch, der seinem Wesen nach eine glatte Fläche haben muss, wird man nicht durch Schnitzereien unbrauchbar machen wollen, ebensowenig, wie man einen Kochlöffel mit Ornamenten bemalt.

Die Holzmalerei, wie sie jetzt im Schwange ist, ist neueren Datums und geht ursprünglich von der Idee aus, die eingelegten Arbeiten der Kunsttischler nachzuahmen.

Sie mag, mit Berücksichtigung des Zweckes der Gegenstände, auch Schnitzereien nachahmen, darf aber dann in der Wahl der Farben nicht über die Holztöne und die Darstellung der Lichteffecte hinausgehen; sie mag selbst Emaillearbeiten durch Anwendung starker, bunter Farben zu imitiren versuchen; aber sie soll dabei immer mit der Bestimmung der zu schmückenden Sachen rechnen und sich niemals in Widersprüche verwickeln.

Ihr vornehmstes Feld soll immer die Imitirung von Itarsien bleiben, d. h. sie soll sich möglichst auf die Anwendung von Ornamenten beschränken, die flach wirken und demnach die Idee der Fläche nicht beeinträchtigen. Figuren anzuwenden, „bescheidene, decorative, figürliche Zugaben zur Flächenverzierung“, wie Zahn sagt, ist entschieden erlaubt, so lange sie den Charakter der Fläche nicht stören; aber hier ist die durch die Natur der Sache gesetzte Grenze nicht zu überschreiten. Denn jede perspectivisch dargestellte, mit Anwendung von Licht und Schatten gemalte Figur will den Beschauer täuschen; sie hebt sich von der Fläche ab und wirkt auf die Phantasie nicht mehr als Theil der Fläche, sondern als Körper. Schränke und andere grosse Sachen mag man auf diese Weise decoriren; Tische, Briefmappen und dergleichen, die an sich glatte Flächen haben müssen, kleinere, zum Handgebrauch dienende Gegenstände, wo sich der Tastsinn jederzeit von der am Auge versuchten Täuschung überzeugen kann, hüte man sich, mit plastisch wirkenden Figuren zu bemalen. Solche Widersprüche sind im Princip nicht zu dulden und sollten auf den Vorlagen billiger Weise vermieden werden.

Etwas wahrhaft Künstlerisches, ein wirkliches Bild zu schaffen, liegt von vornherein ausserhalb des Gebietes der Holzmalerei, und deshalb wird die Ausübung derselben, soweit sie nicht in das Kunstgewerbe hinübergreift, immer auf Dilettantenkreise beschränkt bleiben. Gute, correcte Zeichnung der Umrisse, Sauberkeit beim Coloriren und richtige Zusammenstellung der Farben ist das Höchste, was die Holzmalerei zu erreichen vermag; denn für die Composition der Ornamente ist wohl meist der Künstler verantwortlich, dessen Vorlagen copirt werden.

Aber selbst in den engen Grenzen, in denen sich die Holzmalerei bewegt, leistet sie so viel Hübsches, dass die Erlernung derselben nicht genug empfohlen werden kann.

Besonders gilt dies den jungen Damen, die in der Beschäftigung mit der Holzmalerei eine ebenso angenehme, wie lohnende Unterhaltung finden werden, welche der langweiligen, geisttödtenden Arbeit des Stickens bei weitem vorzuziehen ist.

Ueber Vorlagen für Holzmalerei.

Da nur Wenige unter denjenigen, die sich als Dilettanten mit der Holzmalerei beschäftigen wollen, selbst ihre Subjects zu erfinden oder stilgerechte Ornamente zu componiren im Stande sind, so führe ich hier die hauptsächlichsten Vorlagen auf, die zum Zwecke der Holzmalerei erschienen sind, nicht um sie nach ihrer künstlerischen Bedeutung einer ausführlichen Würdigung zu unterziehen, sondern nur, um den Anfänger auf die Vorzüge und Schattenseiten derselben aufmerksam zu machen und ihm das Suchen nach Vorbildern zu erleichtern.

Von den Vorlagen für Holzmalerei nahmen bisher die Zahn'schen unbedingt die erste Stelle ein. Tausende von Holzsachen sind nach ihnen gemalt, und manche Nichtengesegnete Tante ist so glücklich, drei, vier Arbeitskästchen zu besitzen, die alle nach demselben Modell gearbeitet sind. Die Zahn'schen Sachen sind in ihrer Composition und Ausführung ganz vorzüglich; wenn auch manche Formen nicht gerade das Gepräge der Leichtigkeit und Eleganz tragen, so ist doch der Stil überall gewahrt. Zu tadeln dürfte sein, dass den Ornamenten zu viel figürliche, plastisch ausgezeichnete Elemente beigemischt sind. Besonders aber weisen sie einige Mängel auf, die zwar ihren Kunstwerth nicht beeinflussen, aber doch sie unpraktisch erscheinen lassen für Anfänger und Solche, die ohne ernstliches Studium gelegentlich einmal ein Geschenk mit einem Bildchen verzieren und dabei möglichst viel Effect erzielen wollen.

Zahn's Musterbuch ist mit bewusster Absicht für das Kunstgewerbe ausgearbeitet. Systematisch vom Leichteren zum Schwereren fortschreitend, giebt er erst Vorlagen, die einfach als Ganzes copirt werden sollen, und später die Elemente, aus denen der Schüler sich ein Motiv zusammenstellen soll. Das ist völlig passend für solche Schüler, welche gute Vorkenntnisse im Zeichnen besitzen und die Holzmalerei regelrecht erlernen wollen, um sie als Beruf zu betreiben, aber nicht für die Mehrzahl derer, welche als Gelegenheitsmaler ab und zu einen Vorwurf für einen bestimmten Zweck sich aussuchen und dann nicht wieder malen bis zum nächsten Geburtstag oder Weihnachten. Der Dilettant par excellence — und das sind die Meisten, welche sich mit Holzmalerei beschäftigen — leiht sich, wie ich oft gesehen habe, ein beliebiges Blatt, das ihn gerade anspricht, und malt frisch darauf los, entweder einfach Braun auf Weiss, wie es die Vorlage aufweist, oder, wenn er sich zu Höherem berufen fühlt, mit bunten Farben. Nun sind zwar die Farben, welche für die Vorlagen gewählt werden sollen, von Zahn in der Vorrede zu seinem Werke angegeben, und einzelne Blätter sind auch colorirt erschienen; aber, abgesehen davon, dass nicht jedem Schüler das ganze Werk zu Gebote steht und die meisten Malenden sich nicht einmal die Mühe geben, Zahn's Meinung einzusehen, wird es selbst dem strebsamen Anfänger, der die Farben nicht in lebendiger Anschauung vor sich hat, sehr schwer fallen, seine Malerei in der von Zahn beabsichtigten Weise auszuführen. Einmal geräth der Ton zu dunkel, einmal zu hell und die gewünschte Harmonie. wird trotz der Vorschrift nicht erreicht. Die Mehrzahl der Dilettanten folgt aber in der Wahl der Farben ihrer subjectiven Anschauung, und dann werden oftmals Farbenzusammenstellungen erzielt, die nur mit den Malereien auf den berühmten Neu-Ruppin'schen Bilderbogen verglichen werden können.

Dass Zahn seine Vorlagen nicht in buntem Farbendruck herausgegeben hat, macht sie für Anfänger und Dilettanten gewöhnlichen Schlages mindestens unbequem.

Von Malwina Schrödter's „Holzmosaik zum Verzieren von Holzgeräthen" und Victor Roman's „Neuen Vorlagen für Holzmalerei" ist nur je ein Heft erschienen. Obgleich beide Werke colorirt sind, haben sie sich doch in der

Gunst des Publicums nicht festzusetzen vermocht. Sie sind dem Zahn'schen Musterbuche nicht gewachsen, und besonders die Roman'schen Sachen lassen, bei sehr grellen Farben, den Schwung und die Gefälligkeit der Formen vermissen, welche dem nur einigermaassen mit Schönheitssinn begabten Dilettanten geboten werden muss. Ich möchte sie daher dem Anfänger, dessen Geschmacksrichtung noch nicht entwickelt ist, nicht zur Nachahmung empfehlen; der geübtere Dilettant wird sie selbst zu beurtheilen wissen.

Die „Vorlagen für Holzmalerei" von Emil Zschimmer (in Farbendruck erschienen bei Glaser und Garte in Leipzig) entsprechen im Allgemeinen allen Anforderungen, welche wir in Rücksicht auf Bedeutung und Zweck der Holzmalerei gestellt haben. Hier hat der Schüler alles Wünschenswerthe beisammen: völlige Correctheit des Stiles und elegante Leichtigkeit der Composition, Formenschönheit und Farbenharmonie, dabei die Wahl zwischen Leichterem und Schwererem. Besonders vortheilhaft ist der Umstand, dass jedes Stück vollkommen ausgeführt ist und dadurch gleich der Totaleindruck zur Anschauung gebracht wird, den die betreffende Vorlage, auf Holz übertragen, machen wird. Ich empfehle daher das Zschimmer'sche Werk den Dilettanten ganz besonders.

Das decorativ-figürliche Element ist von Zschimmer zwar möglichst sparsam angewandt und dann stets stilgerecht mit den übrigen Ornamenten verschmolzen; aber es wäre dem Künstler doch angerathen, in den nächsten Heften nicht wieder so schwierig zu zeichnende Figuren zu verwenden, wie z. B. auf Tafel VI. Nur wenige Dilettanten sind im Stande derartige Sachen correct wiederzugeben und verderben durch mangelhafte Auszeichnung die ganze Malerei. Aus diesem Grunde sind z. B. viele Blätter aus dem Zahn'schen Musterbuche fast unbenutzt geblieben.

Eine richtige Zusammenstellung der Farben ist selbstverständlich neben richtigen Formen das Grunderforderniss für jegliche Malerei. Da aber die Gesetze der Farbenharmonie nur durch vielfaches Anschauen von Kunstwerken und langes, sorgfältiges Studium zu erlernen sind, so ist für jeden der Holzmalerei Beflissenen, welcher nicht unter Leitung eines tüchtigen Künstlers arbeitet, entschieden das Beste, zunächst nach den Zschimmer'schen Sachen zu malen, ehe er sich zu Zahn wendet und zum selbstständigen Componiren übergeht. Für fortgeschrittenere Schüler empfehle ich ausserdem Teirich: „Die Itarsien der italienischen Renaissance", in Farbendruck erschienen bei Beck in Wien; dann M. A. Racinet (deutsch von R. Reinhardt): „Das polychrome Ornament", 100 Tafeln in Farbendruck, erschienen bei Paul Neff in Stuttgart, ferner „Ornements Arabes de l'Alhambra", als Photographien in Paris erschienen, und endlich: „Ornamente der Italienischen Renaissance" von M. Ravoth und Rich. Vogel, Halle bei Knapp.

Ueber Vorlagen zur Blumenmalerei ist hier absichtlich nichts gesagt. Blumen werden auf Holz fast ausschliesslich mit Deckfarben gemalt, welche die Eigenthümlichkeit des Holzes verschwinden lassen. Jene Malgattung gehört darum mehr in das Gebiet der Aquarell-, als der Holzmalerei.

Ueber Utensilien.

a) Holzgegenstände.

Was dem Oelmaler die Leinwand und dem Aquarellmaler das Papier ist, das ist für die Holzmalerei das Holz. Nicht jede gewöhnliche, glatt geschliffene Holzplatte eignet sich zum Bemalen; denn sie würde die Farbe fliessen lassen. Das Holz muss präparirt werden. Zahn giebt in dem Vorwort zu seinem Musterbuch verschiedene Methoden an; ich habe sie aber nicht probirt und möchte auch nicht zu dem Versuche rathen. Denn billiger und besser als von jedem Tischler bezieht man die Sachen aus der Fabrik von Robert Friedel & Co. in Esslingen und Stuttgart. Die Anfertigung von Holzgegenständen, wie sie zum Bemalen sich eignen, ist eine Specialität dieses Etablissements, und es leistet darin ganz Enormes. Circa 900 Nummern der verschiedensten Holzgegenstände in allen möglichen Grössen und Formen, trefflich und geschmackvoll gearbeitet, stehen dem Liebhaber zu Gebote. Verkaufsstellen der Friedel'schen Fabrikate sind in allen grösseren Städten etablirt; für Leipzig nenne ich Minna Kutschbach, Reichsstrasse 55, und Moritz Wünsche, Naundörfchen 9. Sollte übrigens Jemand um die nächste Bezugsquelle verlegen sein, so wende er sich direkt an die Firma Robert Friedel & Co., Holzwaaren-Manufactur in Stuttgart, die gern Auskunft ertheilen wird.

Die Holzsachen sind aus Ahorn-, Birnbaum-, Kastanien- und Linden-Holz gearbeitet und sind weiss, aber auch grau und schwarz gebeizt zu haben.

Am besten eignen sich die ungebeizten Artikel zum Bemalen, weil sie für die feinsten Töne in Lasurfarben empfänglich sind; die grauen lassen sich gut verwenden, wenn auf der Vorlage Grau als Grund erscheint; die schwarzen passen nur zum Bemalen mit Deckfarben und Metallen.

b) Ueber Farben.

Zum Malen auf Holz bedient man sich der Wasser-farben. Man unterscheidet gemeinhin Deckfarben, welche, dick aufgetragen, den Untergrund bis zur Undurchsichtig-keit zudecken, und Lasurfarben, welche den Untergrund durchscheinen lassen. Unter den gebräuchlichsten Wasser-farben sind es die Ockerfarben, welche decken, ausserdem Cremser Weiss und alle damit gemischten Lasurfarben, die meisten Braun, alle Schwarz, Ultramarinblau, Chromgelb, Zinnober etc.; der Schüler wird das durch den Gebrauch sehr bald herausfinden. Am besten und richtigsten, besonders wenn es die Nachahmung von Itarsien gilt, sind, die Lasurfarben zu verwenden, weil sie die Faserung des Holzes durchleuchten lassen. Doch werden Deckfarben gern zur Herstellung der mittleren Partien von Holzmalereien benutzt.

Gold, Silber und Kupfer decken ebenfalls.

Früher benutzte man nur trockene Aquarellfarben, und es geschieht noch jetzt sehr vielfach. Aber es erscheint mir im Allgemeinen und für den Anfänger insbesondere nicht praktisch, mit consistenten Farben zu malen. Denn sie bröckeln, das Auflösen mit Wasser nimmt viel Zeit weg, jede einzelne Farbe erfordert eine eigene Muschel, und schliesslich ist es doch schwierig, sie zu einer so gleichmässigen Masse zu zerreiben, wie man sie zum Malen braucht. Ein einziges Stückchen Farbe, das in den Pinsel geräth, kann durch den damit erzeugten dunkleren Ton die ganze Malerei verderben.

Vorzuziehen sind die feuchten Wasserfarben, in deren Herstellung die Engländer sich besonders auszeichnen (moist colours, in Porzellannäpfchen, von Windsor und Newton in London, zu beziehen durch W. A. Lantz & Co., Berlin W., Leipziger Strasse 22, und del Vecchio in Leipzig, Markt). Den englischen Farben kommen die französischen (Palliard,

Paris) am nächsten; doch die deutschen von Schönfeld in Düsseldorf sind nicht minder gut und empfehlen sich durch billige Preise. (Zu beziehen durch del Vecchio und Norroschewitz in Leipzig, durch Bauer & Sohn in Weimar, Lantz & Co. in Berlin, überhaupt durch fast jede Kunstrequisitenhandlung. Bauer zeichnet sich durch besonders billige Preise aus.) Beide Sorten werden in Zinktuben verkauft.

Die gebräuchlichsten Wasserfarben, welche der Schüler haben muss, sind:

> Lampen- oder Elfenbein-Schwarz,
> Sepia,
> Van Dyck-Braun,
> Terra di Sienna, gebrannt,
> Zinnoberroth,
> Carmin,
> Ultramarin- oder Cobaltblau,
> Pariser Blau,
> Pergamentgrün, hell,
> Cadmium, hell,
> Cremser Weiss,

dazu ein Stück Gummigutt und chinesische Tusche, die aber zur Erzeugung eines tiefschwarzen Tones mit Lampenschwarz gemischt werden muss, ausserdem etliche Muscheln sogenanntes echtes Gold und Silber, auch wohl Kupfer. (Gold und Silber von Palliard oder Schönfeld.) Unechtes

Gold lässt sich ebenfalls benutzen, da es oft mehr Glanz aufweist, als das echte; besonders kann man es zum Untermalen brauchen und dann mit echtem übergehen. Dagegen warne ich vor der Anwendung unechten Silbers; denn es verliert nach der Politur seinen Glanz und sieht matt und bleiig aus. Häufig enthält das Muschelgold zu wenig Klebstoff und haftet darum schlecht auf dem Holze; man thut dann gut, etwas Gummi arabicum oder auch Zucker hinzuzusetzen, aber von ersterem nicht zu viel, weil das Gold dann seinen Glanz verliert.

Man kann das Muschelgold auch durch gutes Broncepulver ersetzen, das man mit Gummi mischt, und ebenso Silber und Kupfer für das Malen sich präpariren.

Vorschriften über die Zusammenstellung der Farben zu geben, liegt ausserhalb der Bestimmung dieser Blätter; ich setze voraus, dass der Schüler colorirte Vorlagen benutzt oder sich über die Wahl der Farben an kundiger Stelle befragt.

Bevor an das Malen selbst gegangen wird, muss der Anfänger natürlich seine Farben erst kennen lernen. Darum möge er erst jede einzelne Farbe auf Papier probiren und sich hübsch merken, wie Sepia, Van Dyck-Braun, Terra di Sienna etc. wirken. Er drücke ein kleines Quantum Farbe aus der Tube heraus auf den Rand eines Tellers und verdünne mit einem grösseren, wassergefüllten Pinsel einen

Theil der Farbe, so dass sie flüssig wird und gleichmässig ausfällt. Je nachdem man mehr oder weniger Farbe auflöst, wird der Ton kräftiger oder lichter. Dies merke man sich beim Malen; selbst sogenannte Deckfarben bleiben transparent, wenn man sie nur dünn genug anwendet, und erscheinen dann stets viel lichter, als wenn sie stark aufgetragen sind.

Lässt sich ein Ton der Vorlage nicht mit einer einfachen Farbe, wie sie in den Tuben enthalten sind, wiedergeben, dann müssen die Farben gemischt werden, z. B. Terra di Sienna wird dunkler durch Hinzusetzen von etwas Van Dyck-Braun; Ultramarin wird heller und deckt durch Zusatz von Weiss; Grün, das man meist durch Mischung von Blau und Gelb darstellt, fällt ins Bläuliche, wird also kälter, wenn man mehr Blau hinzusetzt, wird wärmer, wenn man mehr Gelb beifügt. Grau erhält man entweder durch eine dünne Lösung von Elfenbeinschwarz oder — als Deckfarbe — durch Mischung von Weiss und Schwarz. Man kann auch eine bereits aufgelegte Farbe mit einer andern übergehen, um gewisse Effecte zu erzielen, z. B. Zinnoberroth mit Carmin, wodurch der Ton leuchtet und energisch wird. Aber sonst thut man besser, die Farben vor dem Auftragen zu mischen.

Gold, Silber etc. in Muscheln löst man mit etwas Wasser, das man mit dem Pinsel hinzugiebt. Der besseren

Haltbarkeit wegen kann man etwas Gummi arabicum beimischen, indem man ein festes Stück mit Wasser und dem Pinsel allmählich auflöst und die flüssige Masse nach Bedürfniss in die Goldmuschel überträgt. Im Uebrigen malt man mit Gold wie mit jeder anderen Farbe.

Uebrige Geräthschaften.

Nächst den Farben hat der Malende besonders auf eine Auswahl guter Pinsel zu sehen. Die besten Pinsel — sable brushes, d. i. Zobelpinsel — liefert die Fabrik von Windsor & Newton in London; aber sie sind so theuer, dass ich nur einen von dieser Sorte zu kaufen rathe und zwar den feinsten, der für das Ziehen der Contouren bestimmt ist. Denn — ausser der Elasticität — ist es der Hauptvorzug dieser Pinsel, dass sie immer ihre feine Spitze behalten. Sonst reichen Marderpinsel, die in Blech gefasst und mit einem langen Stile versehen sind, aus (Fabrik von Schönfeld in Düsseldorf). Man besorge sich einen grossen, weichen, breiten, wenn möglich flachen Pinsel, der zum Grundiren grösserer Flächen dient, ausserdem 4—5 runde, grössere und kleinere. Doch gewöhne man sich nicht daran, zu viel mit kleinen Pinseln zu malen, weil es schwierig ist, bei vielen Pinselstrichen einen gleichmässigen, fleckenlosen Ton zu erzielen. Für Contouren und zarte Linien jedoch benutze man stets den kleinen Zobelpinsel. Alle diese Pinsel führen Lantz & Co., del Vecchio und Bauer.

Ferner sind nöthig: ein grösseres Lineal mit eingelegtem Metallstreifen, ein kleineres mit einer Maasseintheilung, eine Reissschiene oder ein sogenanntes Dreieck, ein grösserer Zirkel mit Bleistift-, Reissfeder- und Verlängerungs-Einsatz, eine gute Reissfeder, ein mittelweicher Bleistift (Faber B) und vor allen Dingen Bauspapier oder Bausleinewand.

Das Bauspapier ist deshalb nicht zu entbehren, weil es selbst einem geübten Zeichner schwer fallen dürfte, eine Bleistiftvorzeichnung, welche man für die Ornamentmalerei stets nothwendig hat, direkt in fehlerloser Weise auf das Holz zu bringen. Ueber den Gebrauch des Bauspapiers später. Bei dem Bauspapier, welches weder mit Seidenpapier, noch dem blaugefärbten Papier verwechselt werden darf, welches die Stickerinnen benutzen, ist besonders darauf zu sehen, dass es nicht nur transparent, sondern auch möglichst fest ist, um mehrere Durchreibungen aushalten zu können. Mehr als Bauspapier dürfte das englische vellum traceing cloth (von Sagar, Broughton works bei Manchester), ein präparirter gewebter Stoff, den man besonders beim technischen Zeichnen verwendet, zu empfehlen sein. Diese Bausleinewand ist ebenso durchsichtig, wie Bauspapier, aber viel fester, so dass man niemals der Gefahr ausgesetzt ist, die mühsam angefertigte Bause beim Durchreiben zu zerreissen. Bauspapier ist in jeder grösseren Papierhandlung zu haben; Bausleinewand ebenfalls (z. B. bei del Vecchio), kostet aber mehr als Bauspapier.

Technische Vorschriften.

Niemand wird wirklich gut auf Holz malen, der nicht vorher ein guter Zeichner ist; denn wenn auch durch die Anwendung des Bauspapiers die Mühe des Aufzeichnens auf ein Minimum reducirt wird, so lässt sich doch eine sichere Pinselführung, eine exacte Ausarbeitung der Contouren und einzelnen Linien nie erreichen ohne Vorkenntnisse im Zeichnen. Der Werth von Holzmalereien aber wird, bei sonst gleichen Vorbedingungen, durch die Exactheit der Ausführung bestimmt, und der geübte Zeichner wird darum stets das Vorzüglichste leisten. Doch ich rechne mit den realen Verhältnissen und will diejenigen nicht abschrecken, die weniger gut zu zeichnen verstehen; sie werden sich beim Malen auch im Zeichnen verbessern und, wenn auch nichts Vollkommenes, so doch immerhin noch Hübsches leisten (NB. wenn man das Kunstwerk aus der Ferne betrachtet).

Der gute Zeichner hat bei der Wahl einer Vorlage nur darauf zu sehen, dass Holzgegenstand und Vorwurf dasselbe Format aufweisen, und hat höchstens zu beachten, dass die Grössenverhältnisse nicht zu sehr auseinandergehen.

Denn wenn die Differenz bedeutender ist, so müssen die Ornamente auf der Holzplatte entweder zu sehr auseinandergezogen oder zu sehr zusammengedrückt werden, was Beides unschön wirkt.

Der weniger geübte Schüler wähle sich einen Gegenstand aus, dessen zu bemalende Fläche mit der Vorlage an Format und Ausdehnung vollständig übereinstimmt.

Ohne genaue Vorzeichnung der Umrisse ist es unmöglich, gute Ornamente auf das Holz zu malen. Ein unmittelbares Aufzeichnen des Vorwurfs auf Holz bietet aber immer Schwierigkeiten; darum ist die Anwendung des Bauspapiers jederzeit, auch bei leichteren Sachen, angezeigt.

Fast auf allen Vorlagen für Holzmalerei wiederholen sich die Ornamente symmetrisch, entweder doppelt (cf. Zschimmer, Taf. VII) oder vierfach (cf. Zschimmer, Taf. I) oder auch sechsfach (cf. Zschimmer, Taf. VI); deshalb giebt der Künstler, wenn die Raumverhältnisse die ganze Ausführung nicht gestatten, oft nur den Theil der Vorlage, der symmetrisch auftritt.

Weisen Vorlage und Holzplatte dieselben Grössenverhältnisse auf; dann kann man, mit Berücksichtigung der weiter unten angegebenen Regeln, direkt bausen; stimmen sie nicht, dann muss die Vorlage der Platte erst angepasst, d. h. der Theil der Ornamente, der sich auf der Vorlage wiederholt, muss auf der Platte entweder in vergrössertem

oder verjüngtem Maassstabe wiedergegeben werden. Zu diesem
Zwecke trägt man das Maass der Platte auf Papier ab und
zeichnet mit Hülfe von Lineal und Zirkel die Grenz- und
Randlinien ein, enger oder weiter, je nach dem Grössenunterschiede von Vorlage und Platte. (Man benutze dabei
das Lineal mit der Maasseintheilung.) Darauf zieht man
durch den Mittelpunkt dieser Zeichnung und ebenso durch
den Mittelpunkt der Vorlage (der Mittelpunkt eines Rechtecks ist da, wo sich die Diagonalen treffen) zwei sich senk-
recht schneidende Linien, so dass Zeichnung und Vorlage
in vier Felder getheilt werden, und zeichnet dann, je nachdem sich die Ornamente wiederholen, entweder die Hälfte
oder ein Viertel der Vorlage auf das Papier in den durch
die Senkrechten und Randlinien begränzten Raum. Man
kann sich dies dadurch erleichtern, dass man Vorlage und
Zeichnung mit einem Liniennetz überzieht, d. h. Vorlage
und Zeichnung durch Linien in gleich viel regelmässige,
kleinere Vierecke theilt und diese Theile numerirt. Was
in Viereck 1 der Vorlage steht, muss in Viereck 1 der
Zeichnung eingepasst werden. Ist dies richtig und vollständig durchgeführt, dann kann man die so entstandene
Zeichnung bausen.

Auf dieselbe Weise muss man natürlich auch zeichnen,
wenn eine Vorlage, auf der sich die Ornamente nicht wiederholen, in einem anderen Maassstabe wiedergegeben werden

soll. Auch für Kreisausschnitte (Zschimmer, Taf. VI) bleibt das Verfahren dasselbe, nur dass man hier keine Viertheilung vornimmt, sondern die Vorlage durch Radien in kleinere Abschnitte theilt.

Dieselbe Eintheilung, die man auf der Vorlage und, bei einem etwaigen Grössenunterschiede von Platte und Vorlage, auf dem Papier vorgenommen hat, trage man auch auf die Platte ab. Die Viertheilung oder überhaupt die Theilung der Vorlage und Platte durch Linien soll man stets ausführen und dann von der Mitte aus bausen; denn es es ist dies wesentlich für die Sicherheit beim Bausen und beim Durchreiben.

Wenn die Vorlage ganz ausgeführt ist und an Grösse mit der Platte übereinstimmt, dann thut man am besten, ob sich nun die Ornamente wiederholen oder nicht, die ganze Vorlage auf einmal zu bausen; liegt nur ein Halb oder ein Viertel derselben vor, so ist dies Stück durchzuzeichnen und der Vorwurf muss aus den Theilen zusammengesetzt werden.

Das Verfahren beim Bausen ist folgendes:

Man befestige zuerst mit Gummi oder Siegellack das Bauspapier (resp. die Bausleinewand) derart auf die Vorlage, dass es seine Lage nicht verändern kann. Will man die Vorlage schonen, so nehme man ein grösseres Stück Bauspapier, welches die Vorlage rechts und links um 4 bis

5 Cm. überragt, biege die beiden überstehenden Enden nach rückwärts um und verbinde sie durch aufgeklebte Papierstreifen so miteinander, dass das Bauspapier straff gespannt wird und straff und glatt auf die durchzuzeichnende Vorlage zu liegen kommt.

Liegt das Bauspapier fest, so dass die Zeichnung des Vorwurfs gut und klar hindurchleuchtet, dann ziehe man mit stets spitzem Bleistift und mit Lineal auf das Bauspapier alle durchscheinenden geraden Linien, auch die beiden Senkrechten, welche durch den Mittelpunkt gehen, aber so genau und bestimmt, dass jede einzelne Linie der Vorlage durch die Bleistiftlinien auf dem Bauspapier vollkommen gedeckt wird. Dann geht man weiter zum Bausen der Ornamente. Alle durchscheinenden Conturen werden mit spitzem Bleistift auf das Sorgfältigste mit feinen, aber festen und möglichst wenig unterbrochenen Zügen auf das Bauspapier nachgezeichnet, bis die ganze transparente Zeichnung des Modells als Bleistiftzeichnung auf dem Bauspapier erscheint. Man überzeuge sich dann noch einmal, ob nicht hie und da eine Kleinigkeit vergessen ist, und löse, wenn Alles in Ordnung ist, die Bause ab, die nun zum Gebrauch fertig ist.

Nach dem Durchreiben erscheint die Zeichnung verkehrt auf dem Holze, d. h. die rechte Hälfte der Vorlage und Bause wird die linke Hälfte der Holzzeichnung und umgekehrt. Das macht aber bei symmetrisch auftretenden Ornamenten nichts aus; denn die Hälften waren einander congruent. Ebenso ist es bei symmetrisch gezeichneten figürlichen Sachen (cf. Zschimmer, Taf. III, IV, V). Wollte man aber Figuren, deren Hälften unter einander nicht congruent sind (cf. Zschimmer, Taf. VII, Briefmarkenkästchen), von der Bause direkt auf das Holz bringen, wo sie natürlich auch verkehrt erscheinen, d. h. nach rechts statt nach links und umgekehrt sehen müssten, so würde man von der Vorlage abweichen. Um dies zu verhindern, muss man die Zeichnung der ersten Bause, die wir A nennen wollen, auf der Rückseite des Bauspapiers nachziehen und diese neue Zeichnung — wir nennen sie B — auf das Holz durchreiben. Dies gilt auch für das Bausen von Buchstaben (cf. Zschimmer, Taf. VIII). Figuren, wie sie eben beschrieben sind, und Buchstaben, werden darum besser extra gebaust; aber man vergesse nicht, die nächsten Ornamente mitzubausen, damit man beim Durchreiben der Bause für Figuren und Buchstaben den richtigen Platz herauszufinden vermag.

So viel über das Bausen selbst; ich bemerke nochmals, dass man so sorgfältig als möglich bausen muss, wenn man eine gute Zeichnung auf der Holzplatte erhalten will.

Wir gehen weiter. Wie ist die Bause auf das Holz zu bringen?

Zahn (s. Vorrede zu seinem Werke) giebt die Methode des Durchzeichnens oder richtiger Durchdrückens an, d. h. man legt die Bause mit der Bleistiftfläche (A) auf das Holz und zieht mit einem spitzen Instrumente die durchscheinenden Linien auf der Rückseite nach, oder man bereibt die Rückseite (B) völlig mit Bleistift, legt sie (B) auf das Holz und geht dann die Bleistiftlinien auf Seite A nach. Aber diese Methode ist sehr zeitraubend und führt auch, wegen des öfteren Nachziehens der Bauszeichnung, zu Ungenauigkeiten. — Mehr zu empfehlen ist folgendes Verfahren:

Man lege die Bause mit der Bleistiftfläche so auf die Holzplatte, dass die Mittelpunkte sich decken und die Senkrechten (cf. S. 25) auf einander fallen. In dieser Lage halte man mit der linken Hand die Bause so fest, dass sie sich nicht verschieben kann und streiche dann mit einem knöchernen, nicht zu scharfen Falzbein, oder besser noch mit einem Messerrücken, der aber etwas abgerundet sein muss, von unten nach oben, jedoch stets in derselben Richtung, über das Bauspapier, bis die Zeichnung mit ihren kleinsten Details auf dem Holze steht. Man muss natürlich öfters nachsehen, wie weit das Durchreiben vorgerückt ist, (darum empfiehlt es sich nicht, die Bause auf die Platte festzukleben) und etwa mangelhafte Stellen wieder mit dem Messer übergehen. Man darf aber dabei die Bause nicht mit der linken Hand loslassen, damit sie ihre Lage nicht ändert; denn die kleinste Verschiebung bewirkt, dass doppelte Contouren auf dem Holze erscheinen und die ganze Zeichnung ruinirt ist. Muss man mit der linken Hand für das Durchreiben Platz machen, so halte man, während man die linke hebt, mit der rechten die Bause fest, bis die linke wieder in der richtigen Stellung ist. Sind schliesslich noch undeutlich abgedrückte Linien vorhanden, so zieht man sie mit dem Bleistift nach.

Die Operation ist nicht ganz leicht, uud darum mag sie der Anfänger erst auf Papier versuchen, ehe er, natürlich mit einer noch unbenutzten Bause, an das Durchreiben auf Holz geht.

Ist blos ein Viertel der Vorlage gebaust, so ist das Verfahren etwas weitläufiger. Nennen wir die beiden oberen Felder des Rechtecks, von liuks nach rechts gehend, a und b, die beiden unteren c und d. Die ursprüngliche Bause (A) ist nur für die Felder b uud c zu gebrauchen; dann zieht man mit Bleistift die Linieu auf der Rückseite der Bause nach, und diese Bause (B) reibe man auf a und d durch. Bauspapier hält selteu vier Durchreibungen aus; man wende deshalb in diesem Falle lieber Bausleinwand an. (Für das Zeichnen auf der glätteren Seite der Bausleinwand muss man aber Faber BB. benutzen.) Natürlich ist hier, wo die Zeichnung auf dem Holze aus vier Theilen zusammengesetzt werden muss, beim Durchreiben besonders sorgfältig zu verfahren und auch darauf zu achten, dass man die Stücke richtig zusammensetzt und nicht das Oberste zu unterst kehrt.

Für Bausen, die sechsmal durchgerieben werden müssen (cf. Zschimmer, Taf. VI), soll man stets Bausleinwand nehmen. Die erste Durchreibung mache man nicht zu kräftig, damit nicht zu viel Bleistiftmasse abgelöst wird. Dreimal reicht dann dieselbe Bause aus; dann aber ziehe man die Seite A noch einmal mit Bleistift nach.

So viel über Bausen und Durchreiben; ehe man jedoch die Durchreibung ausführt, hat man noch Einiges zu berücksichtigen.

Man kann nämlich die Bause entweder auf das weisse Holz durchreiben oder erst dem Holze einen Farbenton geben und dann durchreiben.

Ersteres geschieht stets, wenn ein Theil der Platte die Naturfarbe des Holzes behalten soll, z. B. Zschimmer, Taf. VIII (Fächer), IV (Papierglätter und Briefbeschwerer), III (Serviettenband und Patentlöscher). Ebenso wird verfahren, wenn die Malerei mit dunkeln Deckfarben auszuführen ist. Zschimmer, Taf. III (Theckasten). Drittens kann es geschehen, wenn Ornamente oder Grund mit hellen

Farben oder Lasurfarben gemalt werden sollen, z. B. Zschimmer, Taf. I und VI. Man legt in diesem Falle den Farbenton über die Bleistiftzeichnung. Doch thut man im Allgemeinen besser, erst die Farbe aufzusetzen und dann die Bause aufzureiben, weil die Bleistiftstriche zuweilen verwischt werden.

Für die zweite Methode gilt als Regel, dass man nur auf solche Farben die Bause durchreiben kann, die heller sind, als der Bleistiftston (Zschimmer, Taf. VII); sonst siud die zarten, wenn auch metallisch glänzenden Bleistiftlinien nicht sichtbar. (Aus diesem Grunde lässt sich diese Art des Bausens und Durchreibens nur schwer für grau gebeizte und gar nicht für schwarze Holzsachen anwenden.) Man muss aber in dem Falle, wo die Bause auf einen farbigen Grund aufgerieben und auf den Grundton eine zweite Farbe aufgetragen werden soll, stets berücksichtigen, dass nicht elementare Farben, d. i. Farben des Regenbogens, und besonders nicht Lasurfarben dieser Art, auf einander zu liegen kommen. Roth, blau, gelb etc. über einander gemalt, vertragen sich nicht, sondern geben entweder unreine oder neue Töne. Wenn also kein neuer Ton, etwa wie grün durch gelb und blau, erzielt werden soll, dann muss man die Bause auf das weisse Holz durchreiben. Zschimmer, Taf. V (Schmuckdose). Handelt es sich dagegen um verwandte Töne, oder ist eine der zu wählenden

Farben eine Deckfarbe, so kann man, vorausgesetzt, dass der Bleistift sichtbar ist, nach der zweiten Methode verfahren. Zschimmer, Taf. I, II, III (Handschuhkasten).

Bisweilen müssen oder können auch beide Methoden vereinigt werden, z. B. Zschimmer, Taf. VIII (Tabakskasten).

Das Coloriren.

Ist die Bause gemacht, resp. durchgerieben, dann geht man zum Coloriren über. Im Allgemeinen ist zu bemerken, dass die Farbe immer gleichmässig aufgetragen und jede fleckige Ansammlung derselben vermieden werden muss. Man darf nicht einen Pinselstrich neben den andern setzen, sondern die Pinselstriche müssen zu einem glatten Tone zusammenfliessen. Dies gilt besonders für das Anlegen grösserer Flächen. Zunächst präparire man eine ausreichende Portion Farbe, damit man nicht genöthigt ist beim Malen abzusetzen. Dann nehme man den Holzgegenstand in die linke Hand, bringe ihn in eine schräge Lage und trage mit dem flachen (cf. p. 21), farbegesättigten Pinsel, immer von oben nach unten gehend, die Farbe auf. Die Farbe muss immer reichlich mit dem Pinsel fliessen, darf aber nicht etwa ohne den Pinsel laufen, weil sie sonst über Stellen sich verbreiten möchte, die frei bleiben sollen. Kein Strich darf trocken werden, ehe der andere angesetzt ist; man muss also möglichst flink sein. Ist man unten an der Grenze angekommen und ist noch überflüssige Farbe vorhanden, so spritze man den Pinsel mittelst des Fingers aus, wie man eine Feder mit Tinte ausspritzt, und nehme die überflüssige Farbe vorsichtig mit dem leeren Pinsel weg.

Kleinere Flächen, z. B. die Zwischenräume zwischen den Ornamenten, füllt man mit einem mittleren, runden Pinsel aus; auch hier muss der Pinsel ordentlich gefüllt und die Farbe gut flüssig sein.

Contouren und andere Linien soll man niemals mit der Zeichnenfeder ziehen; sie reisst das Holz auf, bleibt häufig hängen und giebt doch niemals so feine Striche, wie man sie mit dem Pinsel machen kann.

Für die Führung des Zobelpinsels, überhaupt auch, wenn es gilt, eine Linie scharf und fest einzuhalten, ist zu bemerken, dass der Pinsel nicht schräg, wie beim Abtönen von Flächen, sondern möglichst steil gehalten werden soll. Eine scharfe, exacte Linie kann man nur mit der Spitze des Pinsels herstellen.

Gerade Linien zieht man mit Reissfeder und Lineal; die Farbe, die gut flüssig sein muss, wird mit einem grösseren Pinsel in die Reissfeder eingestrichen. Nur Gold und Silber lassen diese Behandlung nicht zu, sondern müssen stets mit dem Pinsel aufgetragen werden.

Kreisrunde Linien werden mit Zirkel und eingesetzter

Reissfeder beschrieben. Auch grössere Kreise, z. B. auf Tischplatten, soll man womöglich mit einem Zirkel, am besten einem Stangenzirkel, herstellen. Hat man aber einen solchen nicht zur Disposition, so kann man einen Streifen Pappe nehmen und ihn mit einer Nadel im Mittelpunkt des zu ziehenden Kreises so befestigen, dass er sich leicht um das Centrum drehen lässt. Dann misst man auf dem Pappstreifen den Radius des Kreises ab, schneidet an der betreffenden Stelle ein kleines Loch in die Pappe und setzt daselbst die Reissfeder ein. Man kann allerdings mit Hülfe dieses Instrumentes wohl einen Kreis ziehen; aber es ist sehr gefährlich. Ich würde rathen, den Kreis in dieser Weise mit der Bleifeder herzustellen und dann mit dem Pinsel nachzuziehen. Am besten bleibt es aber immer, wenn man einen ordentlichen Zirkel benutzt.

Lasurfarben werden stets dünn aufgetragen, Deckfarben und Metalle dick. Wenn eine sogenannte Deckfarbe aber wirklich decken soll, so übergehe man die betreffende Stelle lieber noch einmal mit Farbe. Denn alle Farben werden nach dem Poliren heller und lassen das Holz mehr durchscheinen, so dass jeder Fleck und jede Unregelmässigkeit deutlich hervortreten. Man sorge aber dafür, dass bei dem zweiten Auftragen der Farbe die Contouren gehörig eingehalten werden.

Ist die Farbe etwa eingetrocknet, dann versetze man

sie wieder mit etwas Wasser, damit der Pinsel leicht über das Holz gleitet und Farbe lässt. Ehe man jedoch den Pinsel auf das Holz setzt, streiche man damit über den Rand des Tellers oder der Muschel, auch wohl auf Papier, damit er nicht zu viel Farbe enthält und eine Spitze bekommt. Natürlich gilt dies nur für das Ausmalen kleinerer Räume und für das Zeichnen von Contouren; über das Anlegen grösserer Flächen sind die Vorschriften schon oben gegeben.

Ehe man zum Malen mit einer neuen Farbe übergeht, lasse man das bereits colorirte Stück erst gut eintrocknen, besonders wenn man noch einen zweiten Ton darauf zu setzen hat; denn Fehler, wie sie durch das Ineinanderfliessen verschiedener Farben entstehen, sind nur schwer, wenn überhaupt wieder auszutilgen.

Die Pinsel müssen sorgfältig in einem Glase Wasser ausgespült werden, ehe man sie zu einer neuen Farbe benutzt, und dies Wasser ist öfters zu erneuen. Hört man auf mit Malen, so reinige man sämmtliche Pinsel, drücke oder spritze sie aus und lege sie so, dass die Haare weder gedrückt noch verbogen werden können.

Hat man mit Lasur- und Deckfarben zu malen, so trage man zuerst die Lasurfarben auf; ebenso erhalten die hellen Farben den Vorzug. Mit der Deckfarbe, bezüglich der dunklen Farbe, kann man manche kleine Unregelmässigkeit, die man etwa sich hat zu Schulden kommen lassen, wieder gut machen. Ebenso thun die Metalle hier gute Dienste.

Einzelnen mit Gold oder anderen Metallen gemalten Partien, besonders schmalen Streifen, kann man einen leuchtenderen Glanz verleihen, wenn man sie mit einem Achatstift glättet. Damit der Stein leichter über das Metall hingleitet und dasselbe nicht an einzelnen Stellen mit fortnimmt, streiche man mit dem Stift einmal über das Haupthaar oder mache ihn sonst ein wenig fettig. Doch müssen die umliegenden Partien bereits ganz trocken, oder besser noch gar nicht bemalt sein, weil der Stift sonst die Farbe unscheinbar macht. Man muss sich bei der ganzen Operation überhaupt sehr in Acht nehmen.

Im Allgemeinen trägt man die Metalle zuletzt auf, weil sie sich am leichtesten abreiben.

Breitere Goldstreifen kann man auch mit einer stumpfen Stricknadel ciseliren; die so erzielten Ornamente treten, wenn die Malerei polirt ist, leuchtend hervor und tragen viel dazu bei, die Holzmalerei der eingelegten Arbeit näher zu bringen.

Beim Malen muss sich das Handgelenk frei bewegen können, der Arm dagegen fest und sicher aufliegen; es ist darum praktisch, so viel Bücher oder dergleichen zur Unterstützung des rechten Armes neben den Holzgegenstand zu legen, dass Arm und Hand sich in gleicher Höhe mit der zu bemalenden Platte befinden. Die Holzplatte muss nach Bedürfniss gedreht werden, besonders beim Malen der Contouren, damit der Zug der Linien nach der Hand liegt und die Pinselführung eine möglichst bequeme wird.

Ueber Corrigiren.

Es ist nicht oft genug darauf aufmerksam zu machen, dass man beim Malen auf Holz stets mit der äussersten Accuratesse und Sorgfalt verfahren muss. Denn wenn auch beim Arbeiten mit Deckfarben oder Metallen eine Unebenheit durch Uebermalen leicht wieder gut gemacht werden kann, so sind doch die zarteren Farbentöne so empfindlich dass selbst kleinere Missgriffe oft die ganze Malerei ruiniren. Zwar lässt sich Manches corrigiren. Man sättigt die fehlerhafte Stelle, besonders wenn sie auf einer grösseren Fläche sich befindet, mit reinem Wasser, lässt das Wasser einen Augenblick anziehen und drückt dann mit weichem Löschpapier mehrmals fest auf den Fleck, damit das Wasser aufgesaugt wird. Natürlich darf man mit dem nassen Löschpapier nicht eine andere bemalte Stelle berühren; sonst entsteht augenblicklich ein neuer Fehler. Gänzlich lässt sich aber die Farbe, wenn sie erst einmal trocken geworden ist, nicht wegschaffen, und es bleibt dann weiter nichts übrig, als ein scharfes Radirmesser zu Hülfe zu nehmen, das mit der Farbe auch zugleich Holztheile entfernt. Aber so radirte Stellen treten nach der Politur. als Vertiefungen zu Tage und stören den Eindruck der Malerei. Trotzdem muss man manchmal das Radirmesser benutzen, besonders für kleinere Fehler. Man nehme darum lieber Hand und Kopf zusammen, als dass man sich auf das Radirmesser verlasse.

Bleistiftstriche entfernt man vom Holz mittelst gewöhnlichen Gummis. Man hüte sich aber, mit Gummi über bereits colorirte Stellen zu gehen; denn der Gummi nimmt leicht die Farbe weg. Bleistiftlinien ziehe man nie zu kräftig; denn abgesehen davon, dass durch zu starkes Aufdrücken vertiefte Linien im Holze entstehen, scheinen dergleichen Striche, wenn sie etwa übermalt werden müssen, leicht durch die Politur hindurch.

Hat man etwa das Unglück gehabt seine Malerei durch irgend einen starken Fehler gänzlich zu verderben, so mache man nicht zu viel Versuche, weder mit Wasser und Pinsel, noch mit dem Radirmesser, sondern lasse die ganze bemalte Fläche vom Tischler abschleifen und frisch präpariren. Dann fange man tapfer von vorn an. Uebung macht den Meister, und jede Erfahrung, besonders wenn sie durch Schaden gesammelt ist, macht die Arbeit für das nächste Mal leichter.

Wenn der Malende sein Werk beendet zu haben glaubt, so trage er es nicht gleich zum Tischler, um es poliren

zu lassen, sondern lasse alle Farben erst gehörig eintrocknen. Am nächsten Tage gehe er bei hellem Sonnen-
licht — Abends soll man überhaupt nicht malen — alle
Einzelnheiten, Strich für Strich, durch, und er wird noch
eine Menge kleiner Unregelmässigkeiten entdecken, die noch
zur rechten Zeit verbessert werden können; wenn die Platte
polirt ist, lässt sich nichts mehr corrigiren.

Ueber das Poliren.

Die Politur soll der Malerei nicht nur grössere Haltbarkeit geben, sondern auch die Schönheit derselben er-
höhen. Jedermann, der malt, weiss, wie ausserordentlich
empfindlich die Holzmalereien sind; aber dennoch werden
die Sachen Tischlern zum Poliren anvertraut, die vielleicht
eine Ahnung vom Poliren überhaupt, aber sicher keine
Ahnung vom Lackiren und Poliren von Holzmalereien haben.
Allgemein ist die Klage, dass das Gold nach dem Poliren
matt wird, ja, fast ganz verschwindet; oft hat sogar die
Politur selbst die abscheulichsten Mängel und Schandflecken.
Und dafür muss man auch noch tüchtig zahlen. Es wäre
daher sehr zu empfehlen, dass sich die Handlungen, welche
Friedel'sche Holzwaaren verkaufen und zum Poliren an-
nehmen, sich einen Tischler hielten, welcher das Poliren
richtig versteht und die erst mühsam angefertigte Malerei
nicht durch Unkenntniss schliesslich noch verdirbt.

Ich gebe zur Instruction für die Tischler das Verfahren, welches die Friedel'sche Anstalt für das Poliren und Lackiren von Holzmalereien befolgt. Es ist aber nothwendig, dass der Tischler den Lack anwendet, wie ihn das Friedel'sche Geschäft benutzt. Die Composition desselben ist Geheimniss der Firma; der Lack ist aber für 8 Mark per Literflasche von Robert Friedel & Co. in Stuttgart zu beziehen.

Nachdem die Farben vollkommen eingetrocknet sind, werden der Holzgegenstand und der Lack in einer Temperatur von 30° Réaumur erwärmt und der Lack dann aufgetragen. Dies Lackauftragen wird in Zwischenräumen von drei Tagen wiederholt und zwar bei flacher Malerei sechsmal, bei erhöhter Malerei achtmal. (Flach oder erhöht nennt man die Malerei, je nachdem die Farben dünn oder sehr stark aufgetragen sind.) Wenn die sechste, resp. achte Lackirung vollständig hart trocken geworden ist, so wendet man das Schleifpulver an. Dies Schleifpulver ist von Robert Friedel & Co. extra für diesen Zweck präparirt und bei ihm zu haben. Das Schleifpulver wird mit Wasser zu einem ganz dünnen Brei vermengt. In diesen Brei wird ein feiner, wollener Tuchlappen getaucht und damit die lackirte Fläche so lange abgeschliffen, bis keine durch den Lack erzeugte Unebenheit mehr vorhanden ist und die Platte eine schöne, glatte Fläche aufweist. Jede Spur von

Feuchtigkeit muss sorgfältig entfernt werden. Man frottirt zu diesem Zwecke den Gegenstand mit einem trockenen Lappen und lässt ihn einige Stunden stehen. Dann trägt man mit einem leinenen Lappen denselben Lack noch einmal auf. Aber diese letzte Operation muss sehr flüchtig und leicht ausgeführt werden. Man darf nicht absetzen, sondern muss jeden Strich von einem Ende der Platte bis zum andern führen, darf auch niemals retour gehen, sondern muss den Lack immer nach derselben Seite hin aufwischen. Der so lackirte Gegenstand kommt dann eine Zeit lang in eine Temperatur von $+ 36 - 40^0$ R., wobei der Lack fliesst und, nachdem er langsam abgekühlt ist, eine glasartige Masse bildet.

Alles dies muss in einem völlig staubfreien Raume geschehen; denn nichts schadet dieser Lackirung mehr als Staub.

Die Holzmalereien, welche auf diese Weise in der Friedel'schen Fabrik lackirt sind, weisen einen Glanz der Farben und eine Reinheit der Politur auf, wie sie bis jetzt nur auf den japanesischen Holzwaaren zu finden war. Es liegt im Interesse jedes Einzelnen, der auf Holz malt, darauf zu dringen, dass seine Sachen auf diese Weise polirt werden.

Wer weisse Holzgegenstände zum Malen benutzt, der lasse die freien Seiten dunkel beizen; ein tiefer Grundton hebt die Malerei ungemein.

Es empfiehlt sich übrigens, besonders schwierige Sachen

direkt oder durch Vermittelung einer Verkaufsstelle der Friedel'schen Holzwaaren nach Stuttgart an die Firma Robert Friedel & Co. zu senden. Als sehr geübte Tischler können auch Scheidemantel in Weimar und Ed. Schröter, Stärkengasse in Dresden, empfohlen werden.

Beispiel.

Statt in Worten ein Resumé über das bisher Gesagte zu geben, will ich an einer leichten Vorlage Schritt für Schritt zeigen, wie der Schüler bei der Anfertigung von Holzmalereien zu verfahren hat. Ich wähle das erste Blatt der Zschimmer'schen Vorlagen. Wenn alle Utensilien, als Vorlage, Baus-, Zeichnen- und Löschpapier, Farben, Bleistifte, Messer, Reissfeder, Zirkel mit Einsätzen, Lineale, Gummi, ein Teller, zwei Gläser Wasser und eine passende Holzplatte vorhanden sind, ziehe man auf der Vorlage die beiden, durch den Mittelpunkt gehenden Senkrechten. Dann wird das Bauspapier auf die Vorlage befestigt, und mit Bleistift und Lineal werden alle geraden Linien, auch die des Mittelstücks und die beiden Senkrechten, auf das Bauspapier übertragen. Dann werden die Contouren sämmtlicher Ornamente, auch die des Mittelstücks, gebaust. Der Buchstabe bleibt weg. Der Bleistift ist in der Zeit wenigstens fünfmal gespitzt. Dann wird die Bause, deren Vollständigkeit natürlich erst geprüft sein muss, abgelöst, mit der

Bleistiftseite auf das Holz gelegt, richtig angepasst und mit dem Messerrücken durchgerieben. Die linke Hand hält die Bause, und von der linken Hand aus, immer nach aussen, wird mit dem Messer gestrichen. Ist das Durchreiben beendet, dann werden alle etwa nicht deutlich abgedrückten Contouren mit dem Bleistift verbessert; die Randlinien werden sämmtlich nachgezogen; die senkrechten Linien dagegen, die jetzt überflüssig sind, werden mit Gummi entfernt. Hierauf wird der resp. die zu wählenden Buchstaben in der bekannten Weise gebaust und durchgerieben (cf. pag. 28). Dann präparirt man eine genügende Quantität dünnflüssige Terra di Sienna (die hier mit ein wenig Van Dyck-Braun versetzt werden muss). Mit dieser Mischung wird dann der ganze Raum von der inneren, gelbbraunen Randlinie bis zu den Contouren des Mittelstücks so geschwind als möglich mit dem grossen flachen Pinsel übermalt, aber mit exactester Einhaltung der bestimmten Grenzen. Ist die Farbe trocken, so tönt man den Platz, welchen die drei äusseren Randstreifen auf der Platte einnehmen, ebenfalls mit Terra di Sienna ab. Soll der Buchstabe des Mittelstücks die Farbe der Ornamente behalten, so malt man auch den ganzen inneren Raum des Mittelstücks mit der Terra di Sienna-Lösung. Wenn alle Stellen gut getrocknet sind, wird bis auf den Buchstaben der innere, dunkle Raum des Mittelstücks mit einer starken Lösung von Sepia oder mit Schwarz ausgefüllt, oder, wie der Kunstausdruck heisst, der Buchstabe wird ausgespart. Hierauf wird das Grau des Mittelstücks (mit Wasser stark verdünntes Elfenbeinschwarz) vorsichtig aufgesetzt, so dass die weissen Streifen frei bleiben, und endlich werden, wenn das Grau trocken ist, die dunklen Linien (starke Sepia oder Schwarz) mit dem feinsten Pinsel eingezeichnet. Die wenigen geraden Linien kann man auch mit Reissfeder und Lineal ziehen.

Jetzt ist das Mittelstück fertig.

Nun muss zunächst der dunkle, innerste Randstreifen gezogen werden, damit kein Irrthum entsteht. Dergleichen Streifen führt man am besten aus, wenn man sie zuerst durch zwei Linien (Reissfeder und Lineal!) begrenzt und den Raum zwischen der Doppellinie mit dem Pinsel ausfüllt.

Die Räume zwischen den Ornamenten werden mit Van Dyck-Braun, dem man ein wenig gebrannte Terra di Sienna beimischt, recht sorgfältig ausgemalt. Die Farbe muss gut flüssig sein, der Pinsel, ein mittlerer, darf nie zu trocken werden; sonst entstehen Flecken. Farbeansammlungen werden entfernt, wie oben (p. 34) angegeben.

Die Hand ruht beim Malen auf einem Stück glatten Papier, damit das Holz nicht fettig wird.

Zuletzt werden die Randstreifen in der eben erwähnten Weise ausgeführt; der weisse Streifen behält die Farbe des

Holzes; jedoch kann das Weiss gerade auf dieser Vorlage auch mit Cremser Weiss dargestellt werden.

Tags darauf wird Alles noch einmal genau gemustert und, wo es nöthig ist, verbessert, aber so wenig als möglich mit Hülfe des Radirmessers.

Der Maler hat das Seinige gethan; der Rest ist Sache des Tischlers.

In unserem Verlage erschien:

Vorlagen für Holzmalerei.

Entworfen

von

Emil Zschimmer,

Maler in Weimar.

Heft I. 8 Blatt gross Folio,

in lithogr. Farbendruck ausgeführt.

In Kürze erscheinen Heft II und III, sowie:

Vorlagen für Blumenmalerei.

Heft I.

Kunstverlag von

Glaser & Garte in Leipzig.